KONZERN
BUCHHALTUNG

BENEDIKT
SCHMIDT
WELTAUFNAHME

Für Tobias Fuchs.
Danke für die Freundschaft,
Inspiration und Motivation.

© 2020 KONZERN Buchhaltung · KONBU001
Herstellung und Verlag: BoD – Books on Demand, Norderstedt

ISBN 978-3-752-60752-9

Ebenfalls als E-Book erhältlich. Was Sie nicht weiter interessieren wird,
denn Sie besitzen ja bereits die gedruckte Ausgabe.

Umschlaggestaltung und Satz: Stefan Gubatz, Umschlagmotiv: Benedikt Schmidt
Portraitzeichnung des Autors: Kleon Stampoulis
Gesetzt aus der Karmina und Plak

Bibliografische Information der Deutschen Nationalbibliothek:
Die Deutsche Nationalbibliothek verzeichnet diese Publikation in der Deutschen Nationalbibliografie;
detaillierte bibliografische Daten sind im Internet über dnb.dnb.de abrufbar.

Über den Autor:

Benedikt Schmidt, geboren 1981 in Bonn, ist schon seit seiner frühen Jugend dem kreativen Schreiben hoffnungslos verfallen. Wenn er keine Lyrik, Kurzgeschichten, Theaterstücke oder Erzählungen verfasst, tippt er sich als freiberuflicher Texter die Finger wund. Ebenso produziert und performt der ehemalige Rheinländer, Wahlberliner und jetzige Mallorca-Resident seit vielen Jahren elektronische Musik.

Nach den Bänden »Welt im Nebel« (2004) und »Hardmates Kochbuch« (2005) veröffentlichte Schmidt im Sommer 2020 zusammen mit der Fotografin Laura Herz das Berlin-Buch »Stadt leben«.

Bei KONZERN Buchhaltung unterschrieb der Autor aus Versehen einen Vertrag über mehrere Werke. Der vorliegende Band »Weltaufnahme" bildet den Auftakt.

Benedikt Schmidt
www.benedikt-schmidt.biz
www.steadyhq.com/de/benediktschmidt
www.weltaufnahme.de

KONZERN
www.musikkonzern.de

Weltaufnahme

Beim Spaziergang oder Reisen kommen oft die Worte und Sätze. Sie formen sich im Geiste. Nehmen Gestalt an. Wollen aufgeschrieben werden. Als Gedichte, Texte, Szenen, Skizzen. Ich wandel durch die Welt und sauge gleichzeitig alle Einflüsse und Beobachtungen gierig auf, versinke immer tief in Gedanken, koppel das Bewusstsein dabei vom Körper ab. Lasse die Erinnerungen flattern, die Inspirationen lodern und halte das Neugesehene und Neugedachte fest, während ich den Rest der Welt völlig ausblende.

»Gedankenverloren« umschreibt diesen Zustand der bestimmten Weltaufnahme aber nur ungenau.

Hinabtauchen.
Ganz tief.

Manchmal kann ich mich an ein Stück des zurückgelegten Weges nicht mehr erinnern, so sehr bin ich mit den Gedanken beschäftigt.

»Alles Individualisten.«,

bemerkte der Taxifahrer spöttisch und deutete auf die schier endlose Warteschlange vor dem Club. Nahezu alle Wartenden waren in Schwarz gekleidet.

Klausinger blickte an sich herunter, auf sein dunkelblaues Shirt und seine graue Hose, ließ sich aber nicht verunsichern. Er zahlte das Taxi und reihte sich geduldig in die Schlange ein. An der Clubtür hatte man Nachsicht mit ihm. Oder die eindrucksvoll tätowierten Herren Türsteher waren angetan von seinem Mut, dem herrschenden Diktat schwarzer Ausgehuniformität zu trotzen.

Whatever. Er durfte hinein.

Nachdem man ihn abgetastet, um das Eintrittsgeld erleichtert und ihm einen Stempel auf den Handrücken gedrückt hatte, suchte sich Klausinger seinen Weg die rostige Stahltreppe hinauf. Stufen und Geländer vibrierten. Oben stampfte die Musik ohne Gestern und Morgen. Blitze zuckten über eine prächtig vollgestopfte Tanzfläche. Wer gerade auflegte, das war nicht zu erkennen. Klausinger entschied, erst einmal ein Bier zu nehmen. Er quetschte sich durch die wogenden Massen zu einer der Theken.

»Ein Bier, bitte!«,

rief er dem unfassbar riesigen Barmenschen zu, der sich fragend zu ihm hinuntergebeugt hatte. Der 2-Meter-Kerl trug einen recht knappen Lederrock, der ihm auch noch ziemlich gut stand. Klausinger musste anerkennend grinsen. Er bekam sein Bier. Das Wechselgeld hatte der Barmensch mit einem nur vermeintlich erschrockenen

»Huuuuch!«

auf dem Weg zwischen Kasse und Klausinger fallen gelassen.

Klausinger nahm es sportlich. Ebenso nahm er einen großen Schluck aus der kalten Flasche, drehte sich dann um und wollte tanzen gehen. Erstaunt blinzelte er. Unzählige kahlköpfige dicke Männer mit Bärten und freien Oberkörpern, auf denen das Brusthaar wild wucherte, hatten mittlerweile die Ecke hinter ihm bevölkert. Alle lächelten freundlich, alle sahen faszinierend gleich aus.

»Hey Klausinger, du erkennst auch echt keinen, oder?«, brüllte eine vertraute Stimme. Gefühlte hundert bärtige Gesichter lachten, Bäuche bebten, Schweiß tropfte. Klausinger lachte auch.

Ausgefallen

Als der Strom ausfiel,
in Küche, Gästezimmer und Bad.

Als ich da lag, einfach nur da lag.
Als das Wasser unter dem Haus
immerfort hindurchrauschte
und so hemmungslos gluckerte.

Als vereinzelte Tropfen träge aus dem
undichten Dachfenster hervorquollen
und dann in unbestimmbaren Intervallen
auf dem Boden des gestern aufgestellten
Plastikeimers aufschlugen.

Da schlang ich die Decke fester um mich,
rieb meine Füße und Beine aneinander,
vergrub das Gesicht ganz tief im Kissen,
roch dabei was Kopf und Haar so verströmten,
tauchte ab in sanfte Bilder- und Traumwelten.

Nachdem der Strom längst zurück war,
der Kühlschrank erleichtert brummte,
da fanden die grünen Ziffern
am Ofen trotzdem nicht zur Zeit zurück.

Auch mir gelang es nur schwerlich,
widerstrebend,
zu ergründen, welche Stunde,
welcher Tag es überhaupt war.

Vielleicht stellte sich sogar alles als falsch heraus,
was ich über Tage und Stunden
zu wissen geglaubt hatte.

Vielleicht hatte der Novemberregen
alles Zeitliche ins Unkenntliche verwischt,
durch dunkle Kanäle unter dem Haus hinfort gespült.

Der alte Mann und die alte Frau

Der alte Mann und die alte Frau, die sich im Café wieder treffen. Es ist unklar, ob sie einander überhaupt beim Namen kennen.

Sie siezen sich immer: »Ach, da sind Sie ja wieder.«
Das »Ach« betonen sie dabei so, wie es alte Leute zu tun pflegen: als lang gezogenen Seufzer, mit dem die Vielzahl erlebter Jahrzehnte mitschwingt. Doch in der Begrüßung der beiden klingt auch Freude mit. Vertrautheit. Und eine sanfte Heiterkeit.

»Mein Beschützer«, so nennt sie ihn. Um ihre Lippen zuckt dabei ein amüsiertes Lächeln.

Er bietet ihr galant an, wieder auf ihre Sachen aufzupassen. Denn sie muss noch zu Rossmann. Sie mag die anderen Einkäufe, die sie zuvor getätigt hat, nicht mitnehmen. Und sie möchte danach wieder hier im Café sitzen.

So reicht sie ihm dankbar ihre Taschen. Er verstaut diese auf der gepolsterten Bank neben sich.
»Lassen Sie sich Zeit.«,
sagt er.

Beide Menschen haben keine Eile mehr. Ihre Stunden und Tage sind längst losgelöst vom hektischen Takt der Welt drumherum.

Als Kind hatte ich Angst

Als Kind hatte ich Angst
vor Löchern im Kopf,
vor dem Tod der Oma,
vor Mathe und Sport,
vor Krankenhäusern,
vor Brennesseln und Dornen,
vor Montagmorgen,
vor klebrigen Fingern,
vor Regelbrüchen,
vor Schlägertypen,
vor dem Ferienende,
vor Arztbesuchen,
vor nackter Haut im TV,
vor dem Ertrinken im Schwimmbad,
vor dem Ersticken unter der Decke,
vor Fischgräten im Hals,
vor Obst und Gemüse,
vor Gemeinschaftsduschen,
vor behinderten Menschen,
vor der Dunkelheit im Keller,
vor Sprungtürmen, Mutproben,
vor der Fernet-Branca-Werbung,
vor der Libelle im Garten,
vor dem Nikolaus,
vor Graf Zahl (jedes Mal).

Der Installateur schnaufte, während er an den Rohren hinter der Spüle hantierte. Ein neuer Wasserzähler musste dort eingebaut werden. Klausinger starrte auf die Rückseite des Blaumanns, den der Klempner völlig ausfüllte. Schweißperlen glitzerten auf dessen, fast kahlem Hinterkopf. Dazu nahm Klausinger den Geruch von Käse-Schinken-Croissants wahr. Vermutlich hatte der Mann eben erst gefrühstückt.

So kam ein Stück frühmorgendliche Lebenswirklichkeit in Klausingers Wohnung. Dargebracht von jemandem, der offensichtlich »etwas Anständiges« gelernt hatte. Klausinger hatte deshalb die Nacht über das Fenster offen gelassen, notdürftig aufgeräumt, pulverige Reste und Gläser und Flaschen vom Tisch entfernt. Den übervollen Aschenbecher geleert. Reichlich Raumspray versprüht.

»Riecht wie im Puff hier!«,
hatte der Installateur beim Betreten der Wohnung gesagt und scheppernd seine Werkzeugkiste am Boden abgestellt. Da hatten Klausingers Kopfschmerzen wieder begonnen.

Kurze Zeit später musste er den Handwerker auch noch in den Keller begleiten, um dort aufzuschließen, damit der Herr das Wasser abstellen konnte.

»Kschhh kschhh!«,
so klang es, wenn ein dicker Klempner eine gleichfalls dicke Ratte verscheuchen wollte. Dabei hatte die Hausverwaltung doch erst kürzlich schriftlich versichert, dieser Keller wäre jetzt rattenfrei.

Nun standen Klausinger und der Installateur also wieder in der Wohnung. Nach ein paar Minuten Rohrzangenaktion wischte sich der Typ die Hände ab, musterte Klausinger und dessen Wohnzimmerküche noch einmal sehr abfällig und fragte:

»Haste keine Ische, die dir die Bude saubermacht?«

Plötzlich wünschte sich Klausinger, dass dieser Mensch und diese Art Lebenswirklichkeit jetzt und sofort und für immer aus seiner Wohnung, aus seinem Leben verschwinden.

Nach der Wahl

Wahlplakate hängen
noch höhnisch herum.

Neonmänner
mähen Fahrbahnmitte.

Eine Gruppe Schüler
marschiert die Straße hinauf.
Einer spuckt aus.

»Löschwassereinspeisung«,
ein sehr seltsames Wort.

Besonders unauffällig
verhalten sich die Antennenvögel.

Im Freien

Den fleißigen Trinkern hat die Kneipe einen Tisch raus an die Straße gestellt. So bekommen sie auch etwas Sonne ab. Die Herren und Damen sind dennoch eingehüllt in dichte Rauchschwaden. Verlebte Gesichter, wichtige Gespräche, halbleere Gläser.

Ein paar Meter weiter schuften Bauarbeiter. Die Straße wird erneuert. Es geht ein leichter Wind. Dazu Temperaturen von 17 Grad.

Absätze klackern auf dem Bordstein. Ein winziges Insekt krabbelt oben auf der Buchseite herum, entscheidet sich dann für den Weg nach unten, kehrt jedoch wieder um, entkommt dem zuschlagenden Papier vielleicht.

Am zartblauen Himmel kreuzen sich ein paar Kondensstreifen. Ich mache ein Foto und denke dabei keineswegs an Verschwörung.

Musste er leiden?

Der kugelrunde Vater
schiebt mühsam den
Kinderwagen.

Er atmet dabei schwer
durch weit
offenen Mund.

Lag er im Kreißsaal,
musste er leiden?

Seine Frau sieht
recht zufrieden aus.

Donnergrollen

Donnergrollen,
Regengluckern,
Knistern, Rascheln,
Trommeln, Tippeln.

Gedankengespenster
schicken pünktlich
Gänsehautschauer.

So steige ich schnell
die knarzende Treppe hinauf.

So trete ich rasch in die
Dachkammer ein.

Suche panisch nach dem Licht,
in der Dunkelheit kann alles sein.

Fühle mich plötzlich wieder als Kind,
tief versunken in Fantasie,
völlig ausgeliefert der Natur.

Das gehört sich nicht!

Das gehört sich so.
Das gehört sich nicht.

Das gehört sich so.
Das gehört sich nicht!

Das gehört sich nicht!
Das macht man nicht!!
Das gehört sich nicht!!!

Schau die Leute bitte an!
Schau die Leute bitte an!
Schau ihnen dabei IMMER ins Gesicht!

Wenn man mit dir spricht...

Was sollen die anderen denn
von dir denken?

Was soll ich denn
den Leuten erzählen?

Wenn sie fragen...

Man muss sich ja schämen!
Das kann doch nicht wahr sein!

Wenn die anderen in den Fluss springen,
springst du dann auch hinterher?

Das gehört sich einfach nicht!!!
Das gehört sich einfach nicht!!!

Und was die anderen so machen,
das interessiert mich
sowieso und überhaupt

NICHT!

Nach einigen Minuten wurde es ihm zu dumm, alleine vor der DJ-Booth rumzulungern. In der Booth war auch doof, dort klebte der Boden – und auf der kleinen Bank hinter dem DJ stand schon dessen Plattenkoffer. Ein Gespräch mit dem DJ zu führen erschien sinnlos, denn der musste schließlich mixen und war, wenn überhaupt, nur mit einem Ohr dabei.

Klausinger schlenderte also betont lässig hinüber zur Theke. Er schwang sich auf den Barhocker. Die Barfrau sah ihn fragend an.
»Ein Becks, bitte.«,
rief er, seine Hand kramte schon in der Tasche nach einer der Getränkemarken, die sein DJ-Freund ihm überlassen hatte. Er ertastete ein Plastiktütchen und ein zerknülltes Papiertaschentuch. Und dann die Marken.

Die Musik hallte noch etwas verloren durch den noch leeren Raum. Es war auch erst halb 1. Noch sehr früh für eine Clubnacht. Ein paar junge Menschen kamen herein, drehten unschlüssig eine Runde, gingen dann zu den Garderoben, um ihre Jacken und Taschen loszuwerden.

Klausinger lief fröhlich pfeifend einen dunklen Gang entlang, vorbei an Toiletten, die jetzt noch stille Orte waren. Er klopfte an eine der Türen am Ende des Ganges. Es dauerte etwas, bis geöffnet wurde. Sara stand vor ihm.
»Heyyyy Klausinger!«.
Sie umarmte ihn.
»Komm rein!«

Bald darauf war er in einem der verranzten Sofas des Backstages versunken. Toto reichte ihm einen großen Spiegel.

»Ich hab da mal was vorbereitet, Klausinger...«

»Speed?«

»Ne, Koks?«

»Och danke, aber lass mal.«

Klausinger fand, dass viel zu viele im Nachtleben koksten. Das verdarb den Charakter, stumpfte ab und machte arrogant. Er schwor auf Pillen und Speed.

Die Sofas im Raum schluckten regelmäßig Portemonnaies, Schlüsselbunde, Smartphones, Münzen, Drogenrationen und was sonst so aus den Taschen der Sitzenden fiel. Manche Sachen tauchten erst Wochenenden später wieder auf, wenn sie von einem meist druffen Menschen, der versonnen in den Ritzen kramte, unter großem Erstaunen hervorgezaubert wurden.

Der Kühlschrank war noch voll mit Bier. Klausinger ließ den Kronkorken schwungvoll durch den Raum segeln. Stella, die in einem anderen Club als Artist Care arbeitete, erzählte von DJs, die sich daneben benommen hatten.
»Der war voll auf Acid, hat sich plötzlich ausgezogen und ist nach unten gerannt. Die Tür konnte ihn gerade noch so aufhalten. Und das war noch vor seinem Set.«
Großes Gelächter.

Klausinger spülte die Pille mit Bier herunter, lehnte sich im Sofa zurück und blickte zufrieden in die Runde. Wie immer war es ein bunter Mix: der nerdige Typ vom Plattenladen, der total paranoide Ticker, der Promoter, der den Erfolg von Parties nur am finanziellem Ergebnis, nicht an der Stimmung maß, die Japanerin, die was mit Performance-

Kunst und Techno machte, die Freundin des DJs Sowieso, der Typ, der alle mit seinen Tinder-Geschichten langweilte. Und ein paar, die fanden, sie seien wichtig genug für den Backstage.

Das E umarmte Klausinger plötzlich mit aller Heftigkeit. Ihm wurde ganz heiß und wohlig. Der Raum und das Licht veränderten sich. Was hatte der neben ihm gerade gesagt? Er schien weit entfernt und doch so nah. Gänsehaut hüllte Klausinger ein.
»Oh du schöne Noppennacht.«
Das hatte jemand auf die Wand gekritzelt. Er sah das erst jetzt.
»Wie passend.«,
dachte er und grinste. Er versuchte es dem neben ihm zu erklären, der lachte nur:
»Mann Klausinger, bist du breit, ich versteh' kein Wort!«
Auch Sara lachte ihn an und gab ihm einen Kuss auf die Wange.

Sollte er sich schämen schon so früh so druff zu sein? Auf gar keinen Fall! Er sprang auf, er musste jetzt tanzen. Als er wieder auf dem Dancefloor stand, war er überrascht. Der Laden war voll. Sein Smartphone behauptete, es sei schon nach 4. Das verblüffte Klausinger nur ganz kurz. Dann ergriff Joey Beltrams »Energy Flash« von seinem Körper und Geist Besitz.

Alle jubelten wieder mal richtig verzückt.

Diktatur der Kunst

Nach dem Besuch der Cindy Sherman Ausstellung flanierten wir wohlgestimmt durch die Auguststraße. Die Abendsonne illuminierte auf prächtige Weise den nur langsam verblühenden Samstag im Oktober. Überall saßen und standen irre herausgeputzte Menschen herum.

Wir stiegen lachend die Stufen zu einem Weinlokal hinauf. Setzten uns drinnen ans offene Fenster. Der Kellner war sofort da und er war erstaunlich groß. Misstrauisch beäugte er uns. Wir bestellten rasch zwei Gläser Weißwein.

Als ich später von der Toilette zurückkam, nahm an einem der Tische, die ich passieren musste, eine Kellnerin die Bestellung auf. Ich wollte gerade vorbeigehen, da drehte sich die Servierkraft ein wenig zur Seite – und gab so den Blick auf den Gast frei, der hier saß. Es war Jonathan Meese.

Für einen kurzen Augenblick war ich unsinnig fassungslos. Meese sprach mit sanfter Stimme. Doch das brachte mich noch mehr aus dem Konzept.

Ich eilte zu meinem Tisch, zu meiner Frau, zu meinem Weißwein zurück. Dadurch erfuhr ich nicht, was Meese überhaupt bestellte. In meinem Kopf brüllte jedoch die Diktatur der Kunst ihre rigorosen Kommandos.

Augenlicht

Am Morgen schießt man mir Luft auf die Augen und träufelt brennende Flüssigkeit hinein, die die Pupillen erweitert. Ich taumel auf die Straße hinaus. Das Sonnenlicht ist zu grell. Ich bestelle irgendwo ein Frühstück. Ich versuche meine Mails zu lesen. Es geht nicht. Alles total verschwommen, so sehr ich mich auch bemühe. Erst zwei Stunden später wirkt die nahe und ferne Umgebung wieder normal. Meine Augen seien gesund, hatte die Ärztin mir versichert.

Am Nachmittag laufe ich nach Pankow. Ein Mann versperrt mir den Weg, streckt mir eine einzelne Rose entgegen. Ich nehme sie und will schon weitergehen. Da hält er mir einen Zettel vor mein Gesicht. Ich erkenne das Wort »Herzkrankheit«. Die Rose hat noch Dornen, sie stechen mahnend in meine Finger.

Später sitze ich in einem Straßencafé. Auf einem der Balkons des Hauses gegenüber entdecke ich einen dicken, halbnackten Herren. Er stellt umständlich einen rechteckigen Sonnenschirm auf. Vielleicht ist der Mensch auch komplett nackt. Das kann man von hier unten aus nicht erkennen. Das Balkongeländer lässt keinen Blick auf seinen Unterkörper zu. Bauch, Rücken, Arme, Schultern, Hals und Gesicht sind jedenfalls stark gerötet. Der Bauch folgt anstandslos der Schwerkraft. Nachdem der Sonnenschirm zu seiner Zufriedenheit positioniert ist, verschwindet der Mann ganz darunter. Er hat sich hingesetzt. Was er nun macht, bleibt zufälligen Beobachtern wie mir verborgen.

Die Familien und Paare, die an meinem Tisch vorbeischlendern, halten brav ihr gekauftes Eis in den Händen. Unangenehm neckisch lecken sie daran.

Ein einsames Motorrad

Ein einsames Motorrad röhrt
durch die Straßen der Nacht,
zerfährt die Stille und lässt mich
zurückdenken an Kindheitsjahre.

Als ich spätabends noch wachlag im Bett,
im Kinderzimmer, im Elternhaus.
Sicher geborgen.

Dennoch seltsame Traurigkeit.
Melancholie?

Das beruhigend orange Licht der Straßenlaterne
drang zuverlässig durch die Rolladenritzen,
erzeugte Streifen,
die an der tapezierten Wand verharrten,
bis ein Auto sich näherte.

Dann begannen sie zu fliegen,
die Wand entlang, die Decke hinauf.

Vor allem die Motorräder hörte ich schon
von weitem kommen.
Lärm der anschwoll, vorbeiraste
– und wieder in der Ferne entschwand

Irgendwann bin ich immer eingeschlafen,
hoffentlich auch wieder in dieser heutigen Nacht.

Behagliche Ofenwärme

Im Ofen knisterten die Flammen, leckten begierig an den Holzscheiten, erzeugten ein Knacken und Krachen. Die Tante ließ ihr langes, stets blond gefärbtes Haar trocknen. Sie saß zwischen der ebenfalls zum Trocknen aufgehängten Wäsche in dem kleinen Zimmer, das hinter der Küche lag.

Puppi, die Katze, deren Fell von ähnlichem Schwarz war, wie der alte Ofen in der Ecke, zwängte sich elegant durch die Gitterstäbe, die vor dem jetzt offenen Fenster angebracht waren.

Sie sprang erst auf die Bank, dann auf den Schoß der Tante. Die behagliche Ofenwärme lullte uns ein.

Bauchschmerzen

Im Hinterhof kraulen Katzen,
auf dem Barklo zerkratzte Aufkleber.

Schäbig hallen die Stimmen.
Kinder lachen.
Gedärme tänzeln über der Schüssel.
Sie wissen schon...

Bauchschmerzen, schwarzer Rabe,
Bedienung spült und spielt ihr Spiel.

Die Klinik am Rande der Alpen

Nach dem Wecken und Fiebermessen schlurften alle aus ihren
Zimmern zum Frühstücksraum. Dort starrten sie aus müden Augen auf
die Teller und Tassen vor ihnen.

Farben, Gerüche und Geräusche brannten sich besonders gut in die
Erinnerung, wenn es einem nicht gut ging.

Aus silbernen Kannen konnten sie sich warmen oder kalten Kakao
oder heißen Tee eingießen.
Schokoladenaufstrich und Marmelade wurden auf den labbrigen
Brötchen verteilt.
Er weigerte sich, die Brötchen Semmel zu nennen.

Langsam und dabei laut knarrend fiel stets die Tür zu den Toiletten zu.
Im Regal die milchig weissen Kanister mit der dunkelgelben Flüssigkeit.
Der Sammelurin kranker Kinder.

Der Raum der Physiotherapie im Erdgeschoss war sonnendurchflutet.
Ein Dutzend Therapeutinnen kümmerte sich um die jungen Patienten.
Teilte den Liebeskummer der Teenager und freute sich über die
stürmische Begrüßung der Kinder. An der Wand hingen Fotos von
irgendwelchen Fahrradtouren in den Alpen und von gemeinsamen
Feiern.

Arme und Beine der Patienten wurden auf den Tischen und
Behandlungsstühlen bewegt, gedehnt. Die heftigen Medikamente
dämpften die Schmerzen.

Er konnte den Mundgeruch einer Therapeutin zu deutlich
wahrnehmen. Ihm ekelte vor ihr. Er war froh, als endlich eine andere,

allem Anschein nach sogar die beliebteste, für ihn zuständig war.

Die Kühle der Eingangshalle. Der Pförtner tat nur seine Pflicht. Die kleine Schwester weinte. Die Kacheln hatten einen tristen Rotton.

Die nahen Felder. Kleine Hütten. Heuballen. Grillen und Zecken. Das Café, die Buchläden, die Pizzeria. Doch immer wieder musste er zurück in die Klinik. Das Abendbrot war um 5.

Beim sonntäglichen Kirchgang erblickte er Menschen, die noch mehr herausgeputzt waren, als die im Rheinland. Väter und Söhne trugen Lederhosen, die Frauen und Töchter Dirndl oder schicke Kleider. All der Prunk, all das alberne Gold, die Zwiebeltürme, die religiöse Ernsthaftigkeit, die übertriebene Ehrfurcht. Und dazu der blöde Dialekt.

Hagelkörner, so groß wie Kleinkinderfäuste, prasselten auf das Dach und sprangen wild unten im Hof herum. Der Donner war beängstigend. In der Dachkammer, in der Pension.

Später zogen sie ins große Hotel um. Dort schwamm er alleine im Hallenbad, spielte U-Boot. Dort biss der noch junge Hund seiner Familie ins Tischbein im Restaurant.

Die Sonne hatte die Straßen und Gehwege oft aufgeheizt. Er ging die Stufen in eines der Kneippbecken hinunter. Das eisig kalte Wasser erzeugte ein nie gekanntes Taubheitsgefühl in seinen Füßen und Beinen.

Einmal sprang der Hund hinein. Ohne vorherige Abkühlung. Alle hatten kurz aufgeschrien, dann aber erleichtert gelacht, als das Tier zurück an Land geklettert war und sich ausgiebig schüttelte.

Der Arzt, den er nicht mochte, tastete ihn ab. Machte blöde Sprüche. Die Telefonzelle war entsetzlich stickig, er verbrauchte zahlreiche Telefonkarten. Von der Tablette am Freitagabend wurde ihm furchtbar schlecht. Die Nachtschwestern waren stets besorgter und sympathischer, als die, die am Tag Dienst hatten.

Er verschlang unzählige Bücher. Die anderen Kinder und Jugendlichen, die pubertierenden Teenager im Zimmer, sie waren ihm ständig zuviel. Er versuchte alles auszublenden. Er verbarg sich hinter der Literatur. Er stellte sich oft schlafend.

Er hasste die Berge da draußen, er hasste die Klinik am Rande der Alpen, obwohl sie ihm das Leben gerettet hatte. Er hasste die Krankheit. Er liebte seine Familie. Er vermisste sein Zuhause.

Er zählte die Tage bis zur Entlassung.

Samstagnachmittag am Fenster

Samstagnachmittag am Fenster
Endlich das Auto, das um die Ecke biegt
Finger lauern über Türöffner
Und schon klingelt's
Sie sind da.

Sonntagnachmittag am Fenster
Auto, das aus der Hofeinfahrt rollt
Letztes Winken, wildes Klopfen
Abschied, der tief im Magen klagt.

Große schwarze Käfer

Ich drücke den Schalter,
trübes Licht flammt auf.

Wie erschöpfte Panzer
nach verlorener Schlacht
krabbeln große schwarze Käfer
zurück in den Mauerspalt.

Ich schalte das Licht
wieder aus.

Stehe regungslos.
Bei Mondfinsternis
und Tomatensaft.

Helmut Schmidt ist tot

Er lag in einem Hotelzimmer in einer dieser Messestädte. Das Haus hatte früher als Verwaltungsgebäude eines großen Konzerns fungiert. Die Zeiten waren längst vorbei. Das Muster der Teppichböden sollte Kunst sein. Auf dem Nachttisch erblickte er so etwas wie intelligente Lektüre.

Er lag nackt auf dem Bett. Es war früher Abend. Er schaltete den Fernseher ein. Sah betroffene Gesichter auf dem Schirm. Bestimmt ein neuer Terroranschlag. Er lauschte der Stimme des Sprechers aus dem Off.

»Helmut Schmidt ist tot.«

Nun erschienen Bilder, Stationen eines Lebens, Zeitzeugenkommentare. Die Redaktionen hatten natürlich ausreichend Zeit gehabt, alles vorzubereiten. Gauck, Schröder, Merkel würdigten den Verstorbenen jetzt live.

Er begann sich völlig sinnlos selbst zu befriedigen. Die Trauerreden verschwammen. Gerne würde er sich eine Zigarette anzünden.
»Leb wohl, Helmut.«,
sprach er mit belegter Stimme Richtung Mattscheibe, wo der jetzt tote Altkanzler und seine Frau in Rückblenden einträchtig pafften.

Gefangen

Redeten sie über ihn? Er verharrte vor der Wohnungstür. Lauschte angestrengt, ob sein Name da draußen fiel. Warum mussten ausgerechnet immer dann Menschen im Treppenhaus auftauchen, wenn er die Wohnung verlassen wollte?

Er stand da, starrte paralysiert auf das Holz der Tür, von dem die Farbe abblätterte. Die kleine Türkette war auch schon ziemlich angerostet. Das Wort Türkette irritierte ihn plötzlich sehr heftig. Türkette. Türkette? Türkette!

Sie musste immer eingehakt sein, wenn er daheim war. Und die Tür schloss er natürlich auch von innen immer ab.
»Aber was machst du denn, wenn's brennt?«,
hatte ihn sein Arbeitskollege einmal gefragt.
»Sicherheit geht vor, es wird doch so viel eingebrochen. Statistisch gesehen geschehen mehr Wohnungseinbrüche als Wohnungsbrände!«, hatte er erwidert.

Draußen gesellte sich jetzt auch noch die alte Frau vom dritten Stock dazu. Dieses neugierige Biest! Damit waren es schon drei Personen, die Gericht über ihn hielten. Die Frau von nebenan, der Typ vom 1. und die Alte. Alle standen direkt vor seiner Tür. So schien es zumindest.

»Ich weiß auch nicht so recht, was der so treibt.«,
sagte die Alte jetzt. Sie hatte ihn also längst in Verdacht. Beobachtete ihn womöglich ständig.

Er wich ein paar Meter von der Wohnungstür zurück, ging ins Wohnzimmer, setzte sich in den Sessel, stand dann wieder auf und lief unruhig auf und ab.

Panik.

Jetzt wurde draußen laut und gemeinschaftlich gelacht. Bestimmt über ihn, das konnte gar nicht anders sein. Er schaute benommen aus dem Fenster. Unten im Hof stand das hübsche Mädel aus dem Seitenflügel. Die, bei der er immer rot wurde, wenn er ihr beim Müllrausbringen oder im Hausflur begegnete. Sie rauchte und schaute direkt zu ihm hinauf.

Er sprang zurück, stolperte dabei über den Saugroboter und wäre fast hinterrücks hingeknallt.
»Oh Mann!«

Er legte sich auf die Couch, nass geschwitzt, unfähig, irgendetwas zu unternehmen. Versuchte die Stimmen im Hausflur zu ignorieren. Dennoch hört er laut und deutlich den Typ vom 1. sagen:
»Wir sollten ernsthaft mal mit ihm reden. So geht das doch nicht. Wo kommen wir denn dahin?«

Irgendwann war es still draußen. Die Nachbarn waren weg. Er stand von der Couch auf. Atmete tief ein und aus. Packte dann seine Tasche und verließ die Wohnung. Das Treppenhaus war leer. Schnell schloss er die Tür hinter sich ab, lief nach unten.

Im Hausflur rief plötzlich eine Stimme hinter ihm:
»Gut, dass wir Sie noch erwischen!«
Er fuhr herum. Die Alte und der Typ vom 1. standen in der Tür zum Hinterhof und blickten ihn triumphierend an.

Hier bitte unterschreiben

Ich unterschrieb Seite um Seite.
Das geringelte Kabel am
Kugelschreiber war recht kurz.
Meine Unterschrift wurde sinnfreier,
je weiter ich die Hand bewegte...

Das Geräusch umblätternden Papiers,
das Kratzen und Kritzeln darauf.

Kurze Erläuterung dessen,
was ich da überhaupt unterschrieb.

Ich sagte nur: Ja. Ja. Jaaa!
Verstehe ich natürlich! Klar!
Und dachte rein gar nichts,
tief in mir drin.

Der Taxifahrer hörte Klassik-Radio. Das beruhigte die Fahrgäste, ließ
Aggressionen rasch verpuffen.
»Wenn du mir ins Auto kotzt, kostet dich das 300 Öcken!«,
sagte er jetzt an Klausinger gewandt. Der drückte hastig auf den
elektrischen Fensterheber.

Nachtluft kam er herein, er sog sie langsam und tief ein. Das tat sooo
gut. Sein leerer Magen beruhigte sich etwas. Der kalte Schweiß im
Gesicht und am Rücken wurde jedoch noch kälter, statt zu trocknen.
Klausinger schaute angestrengt nach draußen, versuchte sich vom
Klammergriff der Übelkeit etwas zu lösen.

Vor der Volksbühne standen Menschen auf dem Rasen. Es sah so schön
und friedlich aus. So glücklich...

»Soll ich mal kurz anhalten?«,
fragte der Fahrer und beendete Klausingers Träumerei abrupt.

»Nein, nein. Fahren sie weiter. Alles okay.«

Der Fahrer blickte skeptisch in den Rückspiegel. Die roten Ziffern auf
dem Taxameter blinkten Klausinger dazu äußerst zornig an. Er schloss
die Augen.

Ein Helmut-Berger-Verschnitt

Ein Helmut-Berger-Verschnitt betritt das Café. Seine schwarze Sonnenbrille sieht gleichzeitig teuer und billig aus. Sie verbirgt auch nur halb ein Gesicht, in das sich Jahrzehnte des Suffs kunstvoll hineingefräst haben. Der Anzug ist zerknittert, vielleicht ist der Mann darin eben erst aufgewacht.

Wie der echte Helmut Berger, wird auch diese Gestalt sofort zum Mittelpunkt allen Interesses. Aus dem hochmütig verzogenen Mund quellen sogleich zahlreiche Worte, die über die verglaste Ladentheke zum Verkäufer schwappen. Dieser sieht mit Mütze und Schürze plötzlich recht albern aus. Auch versteht er das an ihn Gerichtete nicht. Wie auch? Die Worte ergeben wenig Sinn.

Der Helmut-Berger-Verschnitt ignoriert diese Tatsache grandios und redet einfach weiter, bis man ihn endlich versteht. Er bekommt einen Kaffee gereicht. Mit leicht zitternder Hand balanciert er Unterteller und Tasse zu einem freien Tisch. Er setzt sich, springt aber sogleich wieder auf, geht wieder an die Theke.

Jetzt bekommt er dort einen Schlüssel ausgehändigt. Er eilt damit durch den schlauchförmigen Raum nach hinten zur Toilette, kommt dann wieder zurück, läuft hin und her und packt schließlich einen Stuhl und verschwindet mit ihm in Richtung WC.

Die anderen Gäste im Café haben sich da schon längst wieder ihren Zeitungen, Smartphones, Gesprächen und Tellern zugewandt. Die Stadt spuckt ja zuverlässig jeden Tag solche skurrillen Gestalten aus.

Auf dem Boden pickt ein Vogel eifrig Krümel weg. Im Radio ertönt ein Stück von 1995: »Shut up and sleep with me«.
Es riecht nach frischen Backwaren.

Der Helmut-Berger-Verschnitt kommt nach wenigen Minuten zurück, den Stuhl stellt er ordentlich an den Tisch. Ohne weitere Worte knallt er ein paar Münzen auf die Ladentheke und spaziert nach draußen.

Einbruch des Bösen

Wir sitzen auf dem Balkon.
Wir löffeln Gazpacho.
Wir witzeln über den Gärtner in seinen grell-orangen Shorts.
Wir laufen am Meer entlang,
die Wellen toben windaufgepeitscht.
Wir kaufen Hose und Kleid.
Wir würden gerne Spanisch sprechen können,
oder einfach nur wild gestikulieren.
Wir entdecken Surfer im Wasser und freuen uns für sie.
Wir holen Plastikwasserflaschen aus dem Kellerraum
in der unheimlichen Tiefgarage.
Wir essen kaltes, saftiges Hähnchen mit Salat.
Wir hören Nachbarn laut niesen.

In der Altstadt von Münster ist ein Mann mit seinem Campingvan in
Menschen vor einem Lokal gerast und hat sich anschließend selbst
getötet. Meine Schwester schreibt, sie sei nicht in der Stadt.

Es wird kälter und dunkler.
Die Lampen im Garten gehen an.
Ein einzelnes Salatblatt liegt unter dem Tisch.

Vorzeichen

Gespräche mit dem Dreck im Rinnstein führten nicht weiter.
Schmatzende Küsse. Lutschen und Darben. Reiße alles, alles in Fetzen,
was der Zeitungsständer hergibt.
Schmeiße Kleingeld in die bettelnden Büchsen vor den Banken.

Bauarbeiter auf der Straße. Halt dich an deinem Presslufthammer fest.

Der Stoff der Jeans reibt beim Gehen zwischen den Beinen.

So seltsam nach Plastik

Die Eiswürfel schmecken
so seltsam nach Plastik.
Wie der Becher,
in dem sie beim Schütteln klappern.

Zwischendrin grundböses Fauchen
der Flugzeugtoilettenspülung.
Verriegelt in engstem Raum.

Zurück zum Sitz tapern,
blaues Licht zeigt den Weg.

Irgendwo über Amerika.

Totentanz

Gespenstisch langsam drehten sich die Papierfiguren an den Ästen des alten Baumes. Warfen unheimliche Schatten auf den Hof, auf dem wir früher unter Aufsicht gespielt haben.

Wehte überhaupt Wind? Wir standen wie festgefroren, blickten auf das unheimliche Schauspiel in der Nacht. Er sagte nichts, ich sagte nichts. Die Figuren vollführten den Totentanz.

Eine Gänsehaut kroch eiskalt meinen Nacken hinauf. Ich wußte plötzlich, dass etwas sehr Schlimmes passieren würde.

Die Kirchturmuhr schlug. Einziges Geräusch in der schweren Stille nach den tosenden, berauschten Tagen jenes frühen Septembers im Jahre 2003.

Landung in Barcelona

Nachdem er gelandet war, steuerte er zielstrebig eine der Toiletten im Flughafen an. Der Kaffee, der Wein und die Sandwiches wollten das so. In den Kabinen nebenan: Knattern und Stöhnen. Im Vorraum spuckte jemand ausgiebig ins Waschbecken. Der automatische Händetrockner heulte auf. Spülungen rauschten, Türen knallten.

In den engen Gassen Barcelonas wisperten fremde Männer: »Hashishmarihuanacocaine!« Auch Büchsenbier hatten sie im Angebot. Er winkte freundlich ab.

Nach weiteren Gehminuten setzte er sich an einen der Tische vor einer Bar, bestellte »Croquetas« und »Cerveza« und gab später zu viel Trinkgeld.

Er beobachtete einen schnauzbärtigen Herren mit Safarihut, der im Gehen in einem Reiseführer blätterte und dadurch seine Frau kaum noch beachtete. Die Dame hatte die verzweifelte Hoffnung auf Taschendiebe im Blick.

Zwei junge Asiaten schlenderten fröhlich über den Platz. »Love Dies« war auf Vorder- und Rückseite ihrer T-Shirts gedruckt.

Schnickschnacktiere

Rückenwind.
Schnickschnacktiere.
Piksen im Strumpf.

Kaugummis springen
in der Dose.

Stakkato-Gelächter,
weiter entfernt.

Glatzköpfige Briten,
fußballvernarrt
und robust tätowiert.

Mutter hält Kind
unter Duschbrause.

Borkenkäfter liegt
auf dem Rücken.
Heuschrecke springt
auf dein Bein.

Gekühlte Tentakel,
plastikverschweißt.
Hühnerknochenkabinett,
kaltes weißes Fleisch.

How late is it?
– It's seven forty-five.
I'm getting tired, but that's okay.

Im Späti

Der Kaffee wird später natürlich ziemlich grässlich schmecken. Während die Brühe noch aus dem kleinen Automaten gluckert und rülpst, zählt die Verkäuferin mit offensichtlich rauen Händen einen Haufen Kleingeld. Den hat zuvor jemand auf dem schmalen Tresen hinterlassen.

Mein Blick schweift anerkennend durch den irre vollgestopften Raum. Echte Spätis müssen derart chaotisch sein. Finde ich zumindest.

Unzählige Bierflaschen schlängeln und räkeln sich enthemmt aus den Kisten, die den Boden belagern. In den Regalen: Chips, Schokolade, Kondome, Klopapier – und was die Leute sonst so brauchen. Doch hauptsächlich gibt es Prozentiges und Hochprozentiges.

Selbst oben, über den Kühlschränken, ist unerhört viel Rauschbedarf aufgereiht. Hauptsächlich Sekt der billigen Sorte. Dem Trinkerhimmel so nahe...

Die Verkäuferin der Backwarenfiliale im Kölner Hauptbahnhof, die immer »Tschuu-huus!« statt »Tschüss!« sagte. Vermutlich war das Ü kaputt. Ich musste beim Verabschieden nach gekauftem Kaffee jedes Mal grinsen.

Das Pärchen, das im Vorraum zu den Toiletten rumknutscht, ein paar Meter daneben liegt ein junger Obdachloser am Boden und schläft hoffentlich nur.

Der Pole am Bahnsteig, der mich bittet, ein Foto von ihm zu machen, den Bad Hömninger Bahnhof im Hintergrund. Das Handy ist von seinem Sohn. Der ist derzeit bei der Bundeswehr. Der Mann bedankt sich hinterher herzlich, wir schütteln uns die Hände. Ich steige gut gelaunt in den Zug.

Die Leuchtschrift »Echtes Kölnisch Wasser« ist repariert. Lange waren ein paar der Buchstaben dunkel.

Rolltreppe abwärts? Vermutlich eingefroren. Ein Handy klingelt esoterisch.

Ich gehe vorsichtig auf vereistem Weg an der Schlange vor der »Live Music Hall« vorbei. Jetzt nur nicht ausrutschen und aus über hundert Mündern ausgelacht werden... Die Leute in der Schlange sehen furchtbar jung und brav aus.

Der große Kaffee wärmt die Hände, während drumherum der Karneval und in einem drin das Gefühlschaos tobt.

Der Verwirrte, der einfach nur da stand und endlos »Es geht alles vorbei... bei, bei, bei...« brabbelte.

Der Schaffner, der mich durch Antippen und ein »Guten Morgen!« aus dem Dämmerzustand reisst.

Die feinen Herrschaften im ICE. Sie sitzen da drinnen und schauen. Draußen tobt trunken der Karnevalspöbel.

Die Frau rechnet die Kosten für Hundefutter und Hundesteuer vor. Der Ex will anscheinend nichts dazu beisteuern und kauft sich lieber eine neue Kamera.

Der Junge, der in der Ecke bei den Aufzügen am Boden saß. Ein großes Pflaster auf der vermutlich gebrochenen Nase. Zerschlagene Jugend.

Der Geruch der Clubs vor der Party, der Geruch der Kleidung nach der Nacht.

Den abendlichen Himmel über der Stadt fotografieren, die grandiose Dämmerung.

Der Akkordeonspieler im Durchgang zu den Gleisen, der den ganzen Tag dort zu sitzen scheint.

Das ältere Ehepaar beim Einsteigen in den Zug:
»Das ja Wahnsinn!«
»Wahnsinn is dat!«

Das Mädel im Zug: »Ich weiß nicht... das kommt so doof, dass ich kein Geld dabei habe...
Deswegen bist du so komisch geworden, weil du keinen großen Bruder hattest...«

Kaffee stemmte ich am Morgen den Resten des Rausches entgegen. Mit Rotwein konnte ich ihn am Mittag ein wenig wiederbeleben.

Ich atme tief ein, rieche intensiv das Essen, das im Bordrestaurant serviert wird. Der Zug schwankt wie ein gemütliches Schiff. Der Rotwein im Glas bebt in trübe spiegelndem Takt.

Ich wurde wach und mir war bitterkalt. Das Dröhnen und Rauschen der Heizungen hatte also nicht viel gebracht. Nachdem ich die Zeit noch etwas gedehnt hatte, schälte ich mich aus den viel zu dünnen Decken und stellte mich unter die heiße Dusche. Auf ins Berghain, dachte ich fröhlich bei mir.

Der Schaffner sagt: »Sehr schön!«, nachdem er meine Wochenkarte mit einem Blick geprüft hat. Ich muss an die Zeit denken, als zum Stundenanfang der Lehrer reihum die Hausaufgaben kontrollierte und lobende oder tadelnde Worte austeilte und Unterschriften ins Heft setzte. Manchmal auch beim Reden spuckte.

Der Jugendliche, der die paarweise zusammengeschnürten Schuhe auf eine Leine in über zwei Meter Höhe warf und dann lässigen Schrittes im angrenzenden Hof verschwand. Kunstaktion – oder juvenile Gemeinheit? Es erschloss sich mir nicht sofort.

»Roy Lichtenstein. Kunst als Motiv.«, lese ich auf einer Fahne. Vielleicht sollte ich mich viel mehr der Kunst nähern, viel mehr von ihr aufsaugen... Und später Kaffee und Kuchen und Rotwein und Sekt... When art feels like crying. Museenstunden, Skulpturenwochen, Bilderrausch und Künstlerjahre.

Ein alter Mann steigt aus dem Zug, reicht seiner Frau helfend die Hände. Sind Sie Woody Allen? Oder Henry Kissinger? Ihre Brille und ihre Miene... Ich sage nichts.

Graubärtiger Mann mit ärmelloser Weste. Urlauber? Familienvater? Angler? Nein, er notiert Kennzeichen und hat Überweisungsformulare gleich mit dabei.

Die Frau redet leise in ihr Mobiltelefon. Die Geräusche des Zuges, das Rattern und Rollen, das Zischen, Ächzen und Summen, sie übertönen den Sinn des Gesagten. Doch das Reden klingt wohl überlegt und hat eine beruhigende, hypnotisierende Wirkung im gleichmäßigen Getöse der Eisenbahn. Ich schließe kurz die Augen, trete beinahe wieder in einen angenehmen Dämmerzustand über.

Es riecht nach Regen, nach Waschküche. Es ist allerdings sehr mild, fast schon warm. Ich spaziere durch den frühen Abend. Die nieselnden Tropfen.... Irgendwie angenehm.

Im Radio läuft »Billy Jean«. Über das kleine Stück Wiese, an dem ich geparkt habe, laufen Enten. Ein paar watscheln über den Parkplatz. Landgang. Der Fluss scheint egal.

Morgens mit der Helligkeit in einem netten Hotelzimmer mit Doppelbett zu erwachen, das gehört ganz klar zu den ganz großen Momenten des Künstlerseins.

»Täglich drei Personenschäden bundesweit.«, erzählt der Schaffner, halb resigniert, halb gleichmütig.

Die älteren Männer, die debattierend und schwäbelnd im Interregio stehen.

»Presseclub.«,
meint Stefan.
»Realsatire.«,
entgegne ich.

Mildes Sonntagmorgensonnenlicht. Güterzug rollt langsam ein und wirft große Schatten.

»Ja, ja. Ich hab's vernommen!»,
sagt der alte Mann, der als Teil einer Wandergruppe durch den Zug marschiert.

Welche Schicksale mögen sich hinter den Reisenden verbergen, die ausgerufen, zum Ausgang oder Infostand gebeten werden?

Die Fahrräder, die verstreut am Boden liegen vor dem HBF. Letzte große Schlacht? Fußgänger gegen Radfahrer gegen Autos? Oder nur der Wind?

»Sobald ich weitere Informationen habe, gebe ich dies über die Bordlautsprecher bekannt.«

»Vorsicht an den Türen, Ihr Zug fährt jetzt ab.«

Junger Mann mit Lederjacke, Bierflasche in der Hand: »Hi, haben wir heute Probe? Ich hatte das Handy nicht an. Ist das Video schon online?«

Beim Anblick des alten Mercedes Kombi muss ich an die Sonntage denken, an denen alte Männer und Frauen, bewundernswert vornehm und würdevoll, in solchen Autos ultra-langsam Touren unternahmen, Kaffee und Kuchen irgendwo. Anzüge und viel Schmuck. Andere Autofahrer, die bremsten, hupten und überholten.

Promenade
Jogger laufen vorbei
Menschen mit Hunden
Paare spazierend
Ein Mann spielt Gitarre
auf der Wiese am Fluss.

Korb am Fahrrad vorne, Helm auf dem Kopf, bebrilltes Beamtengesicht,
vorsichtig radelnd, gleichmäßig, gemächlich. Vielleicht wäre der
Freund so geendet, hätte er sich nicht in rebellierender Jugend den
Überängsten der Eltern entzogen.

»Um was geht es dir denn, Tobias?«,
wiederholt die ältere Dame ungeduldig seufzend ihre Frage. Kaum
hatte sie Platz genommen, hatte schon ihr Handy gebimmelt. Vielmehr
hatte ein Hip-Hop-Song losgeplärrt. Vermutlich von ihrem Sohn oder
Enkel draufgespielt. Vielleicht handelte es sich bei diesem um jenen
Tobias. Ich fragte mich auch, worum es ihm ging.

»Glaub' bloß nicht, dass alles zu Ende ist. Soviel wie du liebst, wirst du
geliebt.«
Die beiden jungen Mädchen lesen sich gegenseitig poetische
Weisheiten vor. Reden darüber. Fragen einander:
»Ist das schön?«
»Ja.«

Mädchen mit Zigarette und Kaffeebecher, zusammgekniffene Augen.
Rauch.

Der Geruch von Bratfett. Trunkenheit am Nachmittag, Hitzige
Diskussion, Erinnerung. Feierlichkeit, verlorener Überblick, einfach
zapfen und quatschen, cool sein. Läuft. Burg.

»Schau mal, ein Dachs«,
sagt der Taxifahrer und lässt die Scheinwerfer seines gerade
angehaltenen Gefährts aufleuchten. Sie erhellen den nächtlichen
Parklatz. Der Dachs schaut kurz ungerührt herüber, verschwindet
dann aber eilig zwischen den parkenden Autos.

Benzingeruch
schreiende Kreissäge
trockener Mund
stickige Luft

Die Abende erscheinen jetzt, da es länger hell ist, wieder so
übernatürlich klar. Das Zwitschern der Vögel, die Autogeräusche,
Stimmen. Alles tritt überdeutlich ins Bewusstsein. Die Sinne sind
übersensibilisiert. Ein leichtes Glücksgefühl stellt sich ein.

Die Schaffnerin eilt fahrkartenkontrollierend durch den Zug. Es muss
doch irgendwer aufzutreiben sein, der schwarzfährt.

Ein Regenjacken-Kapuziner radelt durch die nasse Welt. Den Kopf
gesenkt. Ein langer Weg.

Früher hab ich immer »Antimarkt« statt »Antikmarkt« gelesen.

Überall verliebte Paare,
die sich andauernd verliebt
anfassen und küssen und
mit der ganz eigenen Fröhlichkeit
Verliebter umherziehen.
Sonnenwelt.

Der rundliche Mann, der, am Bahnsteig stehend, die ersten Seiten eines umfangreichen Taschenbuchs zu lesen beginnt. Erwartungsvoll lächelnd.

Der beste Moment des Zugfahrens ist der, wenn der Zug in den Bahnhof einfährt. Noch ein paar Meter rollen und in die Gesichter der Menschen auf dem Bahnsteig blicken, ohne selbst bemerkt zu werden.

Einer steht auf der Mauer und malt die Wand an, ein anderer trinkt Bier aus der Flasche, am Boden liegt dösend ein Hund. Am Bordstein gegenüber die Jungs ohne Shirts. Relaxt sind die Straßen und deren Kunst.

»Wenn ihr unsere Kultur zerstört, zerstören wir euch.« Eine Wand in Troisdorf.

Der dicke Mann schnauft beim Schlafen. Dem Arzt hatte er erzählt, dass er etwas abgenommen habe, aber dass es da immer wieder Rückschläge gäbe. Auf die Frage, ob er einen Beruf habe, erzählt er, er sei alleinerziehender Vater.
Die Knie-OP ist seine mittlerweile achte.

Die Dame mit der großen Einkaufstasche, die halblaut aus einem Buch liest. Dabei reiht sie merkwürdig wirr und gleichsam konzentriert Worte aneinander. Sie lacht, sie seufzt, sie blickt aus dem Fenster, redet weiter leise vor sich hin.

Schlingensief ist noch immer tot. Im Tagesspiegel sind Zitate von ihm abgedruckt. Auf der Spex prangt sein Gesicht.
»5 Euro 50.«,
sagt die Verkäuferin.

»Seid kreativ. Ich weiß, dass ihr sowas auch hinbekommt. Ich geb' euch auch 'ne Kiste Bier aus und spendier' euch was zu rauchen. Dann setzt ihr euch abends mal zusammen.«

Einen Tag vor Herbstbeginn rächt sich der Sommer noch einmal:
»Da habt ihr Sonne, ihr blöden Menschen!«

Vollmond hängt edel bleich
am sanften, graublauen Abendhimmel,
Dämmerung zögert.
Wann ist es soweit?

Die Wahrheit ist ein gieriger Wolf, der seine Zähne tief im blutenden Herzen vergraben hat.

Der Regentag verwischt alle Erinnerungen
Das Wasser von oben
bringt Tristesse ins Land unten
Dennoch bin ich innerlich
irgendwie losgelöst
Sitze zeitungslesend im Zug
Nehme den Trost, den mir das Lesen
wieder gibt, dankbar an

Gelächter und Geld
Gesellschaft
Ach Welt.

Wie liebe ich die Städte bei Nacht
Ich kann es nicht oft genug betonen
Ja, dort möchte ich wohnen
Zwischen Leben und Neonlicht.

»Aufgrund von Warnstreiks in NRW wird sich die Weiterfahrt unseres Zuges um unbestimmte Zeit verzögern.«

Später im Zug,
die Augen geschlossen.
Kopfschmerz.
Alles Denken blind.

Und dann
explodiert die Nacht
Gesichter, Lichter
Worte und Musik
Berührung, Lachen
Rausgehen
Auch aus sich

»Darf ich Ihnen einen ausgeben?«,
fragte die ältere Dame, die mir gegenüber saß und sich zuvor erkundigt hatte, welches Buch ich denn da gerade lese.

Die dämlich fröhliche Gruppe, die aus einem älteren dicken Typen und ein paar Mädchen bestand, spielte die ganze Fahrt über irgendwelche saublöden Gesellschaftsspiele und amüsierte sich hörbar köstlich. Das laute, dumme Lachen schepperte, kreischte und tat in den Ohren weh.

Er schaute auf der Bahnhofstoilette in den Spiegel. Die Augen waren rot, die Pupillen etwas vergrößert. Er spürte es nicht. Sein Kiefer war überanstrengt. Sein Shirt durchschwitzt.

Plötzlich warmer Sonnenschein
trotz bedrohlichem Himmel
Verspäteter Zug
Sandwich und Rotwein
und 1. Klasse.

Bahnarbeiter stehen wartend und rauchend an den Gleisen. Langsam
kriecht die Kälte hoch.

»Der hintere Zugteil muss der Werkstatt zugeführt werden.«

Das Flugzeug segelte in niedriger Höhe über die verschneiten
Landschaften Finnlands. Endlose Wälder, Felder, Seen und vereinzelt
Häuser. Alles bedeckt von sanftem Weiß. Ich war überwältigt.

Rotwein und Kunstmagazin
Nachsynchronisierter Stallone
Blinkender Tannenbaum
Russische Gespräche
Im Hotel in St. Petersburg.

**Stadt leben – Lyrik von Benedikt Schmidt
mit Fotografien von Laura Herz**

„Stadt leben" ist ein Buch über Berlin. Es vereint
Lyrik von Benedikt Schmidt mit Fotografien von
Laura Herz. Beide zog es vor einigen Jahren in die
deutsche Hauptstadt.

Das Tages- und das Nachtleben der Metropole
inspirieren den Autoren und die Fotografin
immer wieder neu. Auf ihren Streifzügen durch
die Straßen, Bars und Clubs entstanden viele der
Gedichte und Fotos.

In „Stadt leben" erzählen Schmidt und Herz
vom Alltag und Ausnahmezustand in dieser
einzigartigen Großstadt. Beobachtungen
von Menschen und Situationen treffen auf
Gedankenströme und Träume. Die Grenzen
von Nüchternheit und Rausch verwischen.
Erinnerungen und Momentaufnahmen
verschwimmen.

100 Seiten
ISBN: 978-3-7519-2976-9
www.stadtlebenbuch.de